Le petit Chaperon rouge

Il était une fois, dans un petit village en bordure de la forêt, une petite fille qui vivait avec sa mère. La fillette portait toujours une cape rouge, si bien qu'on la surnommait le Petit Chaperon rouge. La cape lui avait été confectionnée par sa grand-mère, qui habitait une petite maison douillette dans les bois.

Un jour, la mère du Petit Chaperon rouge lui demanda d'aller porter un panier rempli de nourriture à sa grand-mère qui était récemment tombée malade. Le Petit Chaperon rouge était fier que sa mère lui attribue une tâche aussi importante.

—Ne tarde pas en chemin et sois prudente ! l'avertit sa maman. Et n'adresse surtout pas la parole aux étrangers que tu croiseras sur ta route !

Le Petit Chaperon rouge prit le panier et partit en sautillant dans les bois. C'était une magnifique journée, et la fillette était persuadée qu'il ne lui arriverait rien.

Elle rencontra soudain un loup, qui fut bien tenté de la manger.
Mais il n'osa pas puisque des bûcherons coupaient du bois non loin.

—Où vas-tu comme ça, petite fille ? demanda le loup d'une voix douce.

Le Petit Chaperon rouge regarda le loup.

Ce loup n'a pas l'air très dangereux, pensa-t-elle.

—Je vais voir ma grand-mère et lui porter des galettes et un petit pot de beurre que ma maman lui a préparés, répondit la fillette.

Le loup saisit l'occasion.

—Je connais cette maison, répliqua-t-il. Je connais également un raccourci pour t'y rendre. Tu n'as qu'à prendre ce chemin-là.

Le Petit Chaperon rouge remercia le loup.

—C'est très gentil de votre part, monsieur le Loup ! dit-elle.
Merci de votre aide !

Puis, elle poursuivit sa route sur l'autre chemin.

Tandis que le Petit Chaperon rouge marchait dans la forêt, elle aperçut des fleurs sauvages.

J'ai amplement le temps, se dit-elle en cueillant quelques fleurs. Ce joli bouquet remontera le moral de grand-mère !

Pendant ce temps, le loup prit un chemin plus rapide et courut de toutes ses forces jusqu'à la maison de la grand-mère. Il savait qu'il arriverait avant le Petit Chaperon rouge.

Lorsqu'il arriva à la maison, il frappa trois coups sur la porte.

—Qui est là ? demanda la grand-mère.

—C'est moi, grand-mère, répondit le loup en changeant sa voix. Je vous ai apporté des galettes et un petit pot de beurre. Puis-je entrer ?

—Tire la chevillette et la bobinette cherra, répondit la grand-mère, qui était trop faible pour se lever.

Le loup entra dans la maison sous les yeux ébahis de la grand-mère.
Il se jeta sur le lit et avala la vieille femme d'une seule bouchée !

Le loup enfila ensuite une robe de nuit et un bonnet qui appartenaient à la grand-mère. Puis, il alla se coucher dans le lit et attendit le Petit Chaperon rouge.

Lorsque le Petit Chaperon rouge arriva chez sa grand-mère, elle frappa à la porte.

—Qui est là ? demanda une grosse voix.

Le Petit Chaperon rouge sursauta de peur, mais pensa ensuite que sa grand-mère devait être enrhumée.

—C'est moi, le Petit Chaperon rouge, répondit-elle. Je vous ai apporté des galettes et un petit pot de beurre que maman vous a préparés.

—Tire la chevillette et la bobinette cherra, répondit le loup en adoucissant sa voix.

Le Petit Chaperon rouge ouvrit la porte, déposa son panier sur la table et s'approcha du lit de sa grand-mère.

Elle trouva que sa grand-mère avait l'air beaucoup plus étrange que d'habitude.

—Grand-mère, comme vous avez de grandes oreilles ! dit-elle.

—C'est pour mieux t'entendre, mon enfant, répliqua le loup.

Le Petit Chaperon rouge examina sa grand-mère de plus près.

—Grand-mère, comme vous avez de grands yeux ! s'exclama-t-elle.

—C'est pour mieux te voir, mon enfant, grommela le loup.

—Oh, grand-mère ! Comme vous avez de grandes dents ! souffla la petite fille.

—C'est pour mieux te manger ! hurla le loup.

Sur ces paroles, le loup se jeta sur le Petit Chaperon rouge et l'avala tout rond !

À présent rassasié, le loup tomba dans un profond sommeil.

Un bûcheron qui passait par là entendit des ronflements en provenance de la maison de la grand-mère.

Comme c'est étrange, pensa-t-il.

Il décida d'aller jeter un coup d'œil pour s'assurer que tout allait bien.

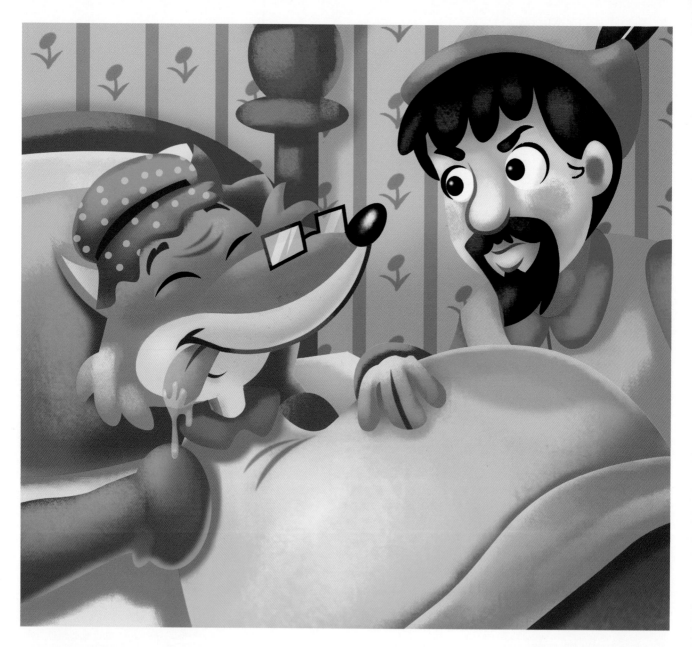

Lorsqu'il ouvrit la porte de la maison, quelle ne fut pas sa surprise de voir un loup endormi et le ventre bien tendu sur le lit de la grand-mère !

20

Le bûcheron reconnut le loup. Il s'agissait du même loup qui avait volé tous les moutons de son village ! Chaque fois qu'il se faisait prendre, le loup trouvait une façon de s'enfuir. Le bûcheron savait qu'il devait agir rapidement s'il désirait sauver la grand-mère et se débarrasser de la bête une bonne fois pour toutes !

Le bûcheron décida de ne pas réveiller le loup. Il coupa précautionneusement le ventre du loup et fut stupéfait d'y découvrir non seulement la grand-mère, mais également le Petit Chaperon rouge !

La fillette et sa grand-mère étaient heureuses d'avoir été sauvées. Elles se serrèrent dans les bras l'une de l'autre et remercièrent le bûcheron. Elles l'invitèrent même à partager leur goûter.

À partir de maintenant, j'y penserai à deux fois avant de parler
à un étranger ! se dit le Petit Chaperon rouge.

Et ils vécurent tous heureux, sauf le loup, qui n'allait dorénavant
plus importuner personne.